令和川柳選書

椿咲きました

表よう子川柳句集

Reiwa SENRYU Selection
Omote Youko Senryu collection

新葉館出版

令和川柳選書

椿咲きました

目次

令和川柳選書

椿咲きました

Reiwa SENRYU Selection 250
Omote Youko Senryu collection

第一章　藻汐

手を洗うまた手をつなぐ日のために

泰平のゆめを破ってコロナ参上

マスクしてジョークも疲弊しています

うらうらと今日は大根でも炊くか

鼻歌や夢は大きい方がいい

シャンパーニュうれしい嘘に酔うている

余生の譜へのへのもへじでも描くか

まっすぐに生きる市井の片隅で
あなた発わたくし着の風の音
ここからがスタート罵声浴びている

誤字ぐらいなんです開き直る老い

思い込みという罠もある辞書を繰る

語彙みがくポエムの匂うまで磨く

小言いうそれも仕事のうちと母

雪吊りの美よりも暮らしどっこいしょ

ずるずるを袈裟懸けにして起ちあがる

ポジティブな時計に尻を叩かれる

日和見の男を急かす雪起こし

抱いて下さい底冷えがこたえます

押さないでまだまだ広い日本です
棘のある声をビタミン剤にする
経験の束をわたしの芯にする

桜と組もう春の記憶が疼くから

スマホ手に動かぬ証拠つきつける

定年後妻の影絵で御座候

生きざまを正方形へとじこめる
ストレスをいちまい捨てて歎異抄
神の手も猫の手も借る老いるとは

雑草のポリシーでしょう深い根だ

微笑するかたちで花は今を咲く

道沿いの情けゆたかに花の列

凡人の列で納豆かきまぜる
生きてきた勲章ですがされど皺
生きている証拠に腹の虫が鳴る

思い出になると苦労もうつくしい

女郎花凡凡の日を編んでいる

初夏のいろ着るには歳をとりすぎた

私を縛るいささかの倫理観
地図にない道を探して群れを出る
日記帳地団太ふんだ跡がある

追えば逃げ掴めば解ける運である

火の恋を素手でつかんでからドラマ

缶ビールプシュッやる気のコンセント

君去って歯ブラシいっぽんが残る

コップ酒おとこの愚痴は聞き飽きる

真っ当に生きて泡を積んでいる

道草の風を知らない一本気
何抜かすどくだみのしろ百合の白
半夏生だから単細胞だから

なんの咎かヒト科の跡の白い骨
いい勝ってちびた火種が手にのこる
玉響のいのちをだいて坂くだる

取り敢えず働く飯がうまいから
波の花おんなは歳をとりやすし
騒ぐから底の浅さが露呈する

何さまのつもり夫のオーイお茶

生き様はそのままアート落ち椿

一升壜つもる話と夜が更ける

何故という種からさくら咲きました
泥水のうえに馬齢がつんである
音たてててやっぱり独りの音である

ルンルンの気持ちのままにペン運ぶ
一行詩ありふれた日を輝かす
来た道へわたしの無駄がつんである

昭和残照走りつづけた赤である

逢えばまた甘い言葉が欲しくなる

雑巾の過去をきいてはいけません

こころ拭く真っ白な布くださいな
せめて自分ぐらいと自分に甘くする
一〇グラムほどの情けに負んぶする

絶妙のバランスでしたあなたとは
ざわざわとざわざわざわざわと忌がめぐる
線香の焦がれたかたちのまま灰に

雲行きの裏までよんで萎れている

肩書きが鎧かぶとになっている

アバウトな生き様もいいいぬふぐり

文脈へ耳をすますと死生観

土砂降りの文罠ですか愛ですか

風船が割れておばさんにもどる

老人と猫の街にも陽がのぼる
時は今鬼が獺祭呑んでいる
疲れ目に効く恋人のうふふふふ

Reiwa SENRYU Selection 250
Omote Youko Senryu collection

第二章 西王母

手のなる方へ人の匂いのする方へ

薔薇のはな咲かそう明日へのびる道
綿菓子のようです母のベルスーズ
先人の轍に落ちているむむむ

一病をだいて覚悟の余生です
どの皿も手抜き料理のひとり膳
その時は死んだふりして遣り過ごす

拳開くと桜はらはら溢れます

先人の苦心のうえに胡坐かく

男の匂い秘密のにおい黒マスク

ＧｏＴｏの囃子ことばにおどる秋

カツ丼で吠える力を補給する

猫じゃらしちょっと試してみたかった

窓あかりスリルに遠くカレー鍋

平凡がいいねふたりの咀嚼音

母さんの遺産わたしの笑い癖

ステイホーム太りなさい眠りなさい

暇がないと自慢もまぜている余生

マスターの蘊蓄ついてくるカフェ

風吹かば吹けと動じぬ石である
手のうちのカードで平凡にいきる
神在わす合わせた両の手のなかに

火も水ものんで流転のドラマ編む
花一輪咲いて散ってにあるロマン
ころがしてまた転がして一行詩

けじめとは何ぞや無精髭のびる

老いという敵宥めたり賺したり

切っ先はいつも自分へむけてある

ステイホーム追いうちかける雨続き

一触即発ふたりへお茶のタイムリー

朝起きて夜寝るまでのショートショート

免疫力アップへ笑顔の使命感
プラセンタこの世に未練ありまして
やわらかい個所がわたしの急所です

身を守る術へラへラとお辞儀する
火も水も抱えて母は小走りに
母でしたピアニッシモの息づかい

立ち枯れぬように網張る好奇心

ウイルスがライフスタイル変えなさい

給付金だけは逃さぬ雑魚の耳

貝殻のうたがきこえる海びらき

愛ひとつ盗る気リップのいろ変える

風の声きいて処世の幅がでる

ひとりにも慣れて時間は乱切りに

独り食えば赤い西瓜も味気ない

満天の星悩みなど捨てなさい

ペアルック少し黄ばんできましたが
三匹と家族ごっこをしています
ひと様の言葉でみがくエモーション

わかいわかいを囃子ことばにして歩く
青汁も呑んだし散歩済ませたし
敵なしの構えルージュのまっかっか

疫病も地球の規模で攻めてくる
核のごみプラゴミ地球の呻き声
アメリカンドリーム人種差別が哀しいね

わが街に熊みなさんビッグニュースです
雑学の宝庫グーグルまたひらく
失敗は星の数ほどある肋

屈折の生きざまは俺の美意識
しろ白くして少年の正義感
ここからが颪のエリアで草千里

かあさんは死ぬまで母で春の霜

ハミングが朝餉をみたす忘れ霜

髪に霜おいしくご飯たべてます

泡になる手前で遊ぶ一行詩

たかいたかいとあげた父の手の記憶

軽いのはペンペン草の世界観

矛先の向けようがないコロナ闇
あなたです隠しカメラが決め手です
あるあると観音さまも苦笑い

カーテン開けてハロー太陽
花のカーテン部屋は花園
紅葉縫ってバスの贅沢

独り居てストレスフリーの日を送る
永遠を踏んでしまった左足
就中苦手な箇所はすり足で

さて何の合図か春雷遠くきく

過去何度捨てたら蝶になれますか

薔薇の品格かすみ草の品格

ラッパ鳴る誰のものでもない天だ

甘いのは百も承知で鶴をおる

空き瓶のコインのうふふ虹立ちぬ

Reiwa SENRYU Selection 250
Omote Youko Senryu collection

第三章 侘助

ラストジョブ等身大の穴をほる

人格練ってますますワカメたべてます
然りげなく牽制球を前置きに
なんの褒美だろうか今日も生きている

当分は輪ゴムで対処する所存

もはやこれまでドサッと落ちる屋根の雪

生き恥は風のジョークということに

地球は宝バック転でもしようかな

寒椿死ぬまで愛を練っている

動線のどこ端折っても水たまり

カラカラと諸行無常の骨の鳴る
断捨離がすすむ思い出消しながら
朝マック夜来の雨もあがったし

酸素くださいわたくしの正念場
こだわりの雲を煮込んでから眠る
そんな手があったか今朝のしじみ汁

おやどなたでしたかマスクの目が笑う

きっかけはアサギマダラの肝っ玉

忘れるという仕返しも冬薔薇

ファイティングポーズで朝の駅をでる

老齢をまた言い訳にしてにげる

寒椿奪られた愛は獲りかえす

指先の塩が五体へ喝いれる

雑音で五輪のさけび聞き取れぬ

ジャポニカのノートでとんだことがある

褒められて背中に羽が生えました

来し方のドラマを石は語らない

独り居をとなりの猫が見まわりに

手探りでなんとか今日の三回忌

猫も好き酒も好きです春うらら

デルモッティしましょう涙拭きましょう

タルトタタン若い証が欲しくって
下駄鳴らし昭和のテンポでいく余生
そんな日の既読スルーの風ざわわ

身びいきが過ぎるようです月の暈

散ってまだ美への思いを花筏

硬軟を編んでヒト科の骨にする

ややこしい話へ塗す京らー油
数独と自己満足の夜をあそぶ
人情の情を日本のいろにする

もやもやを母はどんぶらことながす

姉老いてどの角度にも母がいる

陽に風に学んでグーの手をひらく

アレンジをしてもサバ缶鯖缶で
果実酒と今日はどこまで老いの道
トライする背びれがこんなにも光る

哀しみの深さでしょうか笑いヨガ

ひとりには独りの愉悦　葉室麟

シグナルはきっといじめも過労死も

雨の日は雨のリズムで深呼吸
騒がんか今日には今日のエネルギー
激の字も老いて候いろあせる

円空の荒いタッチにある祷り

コロナ禍の社会も正義きっと勝つ

価値観の横いっせんになるスマホ

廃線のさくらはふるさとの素顔

人憎み人を恨んで手が荒れる

水は低きに流れるように生きてきた

世をわたる嘘八百で武装して
生きている当たり障りのない音で
雨雲が喉のあたりを行き来する

波しずか愚痴も小言も捨てなさい
哀しみと慌ただしさと忌中札
人が好きルールを緩くして生きる

死屍累累ああ戦争のゆめの痕

汗にじむゼレンスキーのTシャツに

難民へ今年の春が届かない

九条がありますす足湯でもいかが

放棄地が案山子の視野に入りくる

和太鼓のドドーン武士の血が吠える

セサミンE八十路の乱と対峙する

納得のいくまで積み木つんでいる

燃えるものあって尻尾はまだ巻けぬ

老骨にたっぷりと黄を足してやる

欲しいもの無いです　爪は染めました

感謝する語彙でわたしの点描画

どう跳ねてみても2センチ雑魚である

めでたいで括る高齢者のいのち

令和3年日本のハッスルみましたか

素手素足いまさら何を畏れるか

あとがき

前回、思いがけないチャンスを頂いて「ベストコレクション」を刊行。勿論その折は、これが最初で最後と思っておりました。ですがまた今回のこの機会。次々と病気その他で老いを実感する日々でしたが、この辺りでもういちど脱皮を、と自分に発破をかけている私です。

そして今前代未聞のこのコロナ禍の時代。世界中の人々が未だかつて経験した事のない時代を生きております。ロックダウン、パンデミックなど聞くだに禍々しい言葉やカタカナ語の氾濫。まるで銀行強盗かＳＦの映画かと紛うばかりのマスク姿。テレビからは赤く塗られた棒グラフ。為すすべもなく画面を見つめるだけの私達…。しかしいまは蹲っていても、それは飛び立つ日のための助走ではないか。いつまでもこんな日が続くとは思われません。

手を洗うまた手をつなぐ日のために

当然の事ながら今までどれだけこのコロナ禍を詠んだ句に出会ったこと

か。そして私もまた、どれだけこのコロナ禍を詠んできたことか。第一句目としたのは、まさにこんな時代を生き抜く私達の心意気として共感していただければと思ったからです。

死屍累累ああ戦争のゆめの跡

何と言う事でしょう！　ロシアとウクライナに於ける戦争。連日のようにテレビから流れる目を覆うような映像。世界情勢に疎い私ですが「時代錯誤も甚だしい、今は二一世紀だよ！」と声を大にして言いたくなります。

川柳は「にんげんを詠う」、この一語につきると思います。だからこそなんの素養もない私でもこの世界に入りこめたのだとおもいます。されど十七音、いのちの限りはこの十七音との格闘が続くのでしょう。

呻吟しながら
楽しみながら

二〇二二年七月吉日

表ようこ

●著者略歴

表 よ う 子 (おもて･ようこ)

1944年　石川県生まれ
2000年　蟹の目川柳社
2002年　こまつ川柳社

合同句集　あすなろ第Ⅵ集、あすなろ第Ⅶ集、あすなろ第Ⅷ集、蒼い泡点
著書 「川柳作家ベストコレクション 表よう子」

現住所　〒923-0826　石川県小松市希望丘1-97

令和川柳選集
椿咲きました
○
2022年 9 月17日　初　版
著　者
表　よ　う　子
発行人
松　岡　恭　子
発行所
新 葉 館 出 版
大阪市東成区玉津1丁目9-16 4F　〒537-0023
TEL06-4259-3777㈹　FAX06-4259-3888
https://shinyokan.jp/
○
定価はカバーに表示してあります。

ISBN978-4-8237-1140-4